LES
BIENFAITS DE LA PAIX

PREMIER CHANT DU POÈME

LES FACTIONS

PAR LE CHEVALIER DE GIRARD

OFFICIER DE LA LÉGION-D'HONNEUR

Ancien Législateur et Député de Vaucluse
Ancien Secrétaire général du département des Bouches-du-Rhône
Ex-Président de l'Académie de Marseille, etc.
Auteur de la *Statistique du département des Bouches-du-Rhône*
de *Praxile*, des *Tombeaux*, de *la Maison paternelle*, etc.

PARIS

IMPRIMERIE DE GUIRAUDET ET JOUAUST

RUE SAINT-HONORÉ, 338

1854

LES BIENFAITS DE LA PAIX

Premier chant du poème

LES FACTIONS

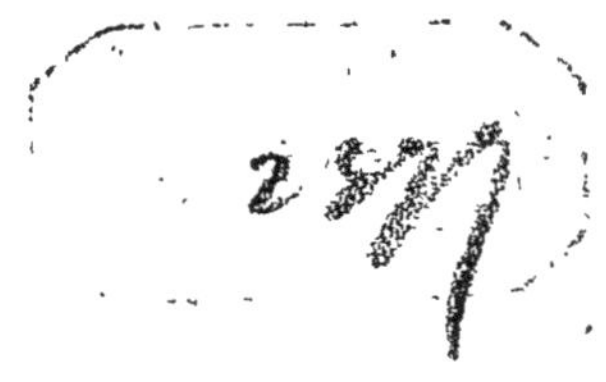

LES

BIENFAITS DE LA PAIX

PREMIER CHANT DU POÈME

LES FACTIONS

PAR LE CHEVALIER DE GIRARD

OFFICIER DE LA LÉGION-D'HONNEUR

Ancien Législateur et Député de Vaucluse
Ancien Secrétaire général du département des Bouches-du-Rhône
Ex-Président de l'Académie de Marseille, etc.
Auteur de la *Statistique du département des Bouches-du-Rhône*
de *Praxile*, des *Tombeaux*, de *la Maison paternelle*, etc.

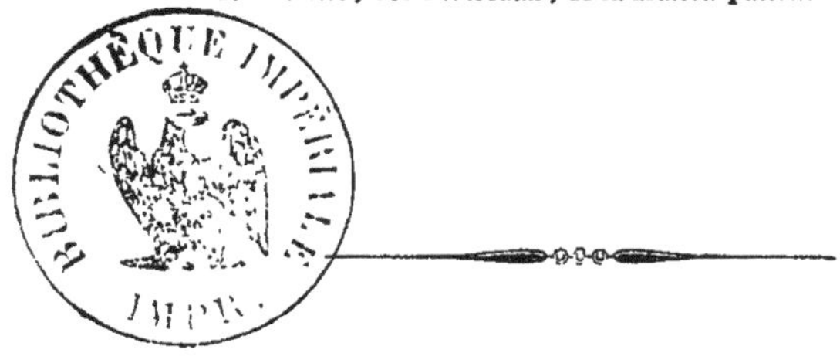

PARIS

IMPRIMERIE DE GUIRAUDET ET JOUAUST

338, RUE SAINT-HONORÉ

1854

PRÉFACE.

Au moment où une guerre sanglante éclate dans l'Orient et trouble le repos de l'Europe, j'ai cru pouvoir rappeler quelques uns des bienfaits de cette paix qui, pendant quarante ans, a fait le bonheur du monde : puisse-t-elle renaître bientôt !

Le Ch^{er} J^{ph} DE GIRARD.

Paris, Mars 1854.

MES QUATRE-VINGT-HUIT ANS.

Le temps, en m'accablant du poids de sa rigueur,
Ne m'a laissé d'entier que l'esprit et le cœur ;
Et, sensible à mes vœux, la muse que j'implore
Me dicte encor des vers à ma dernière aurore.

Eh ! dites-moi, que fait le vieux Damis ?

Demandait tristement à certaine personne

Un de ses plus anciens amis.

A des doutes cruels mon âme s'abandonne !

Peut-être, hélas! suis-je arrivé trop tard;

Et la parque inflexible,

A nos vœux les plus chers trop souvent insensible,

Aura tranché les jours du malheureux vieillard.

— Pour votre ami soyez sans crainte;

Le temps à sa santé n'a porté nulle atteinte;

Il est frais et dispos, fait ses quatre repas;

Mais son esprit avec son âge

Par malheur ne s'accorde pas.

— Vous m'affligez, je le croyais plus sage.

Quoi! voudrait-il encor faire le damoiseau,

Et d'un pas chancelant se traîner près des belles,

Tantôt d'un papillon en empruntant les ailes,

Et tantôt roucoulant en fade tourtereau,

Courant les bals, la comédie,

Et des lions du jour imitant la folie?

—Vous êtes dans l'erreur, il a d'autres travers ;

Vous le croirez à peine : il fait de méchants vers,

Et le vieux écuyer, monté sur son Pégase,

Rimaille en grimaçant sa prosaïque phrase.

Mais ce n'est point assez : dans un plus noble esso

De la vaste Algérie il veut régler le sort,

Dicter des lois à l'urne électorale,

Et du Peuple français épurer la morale *.

— Lorsqu'il atteint déjà le déclin de ses jours,

Pourquoi par ses travaux en fatiguer le cours ?

Qu'il laisse à la vive jeunesse

Les succès de l'esprit, la gloire, la tendresse,

Et qu'il végète en paix ; que dans un doux sommeil

Il attende l'instant du céleste réveil.

* Allusion à divers écrits de l'auteur.

—Eh ! pourquoi donc défendre à l'austère vieillesse

De s'égayer parfois sur les bords du Permesse ;

D'éclairer son pays sur ses vrais intérêts,

Et de guider ses pas dans de sages progrès ?

Le Ciel, en nous traçant le cercle de la vie,

N'a point marqué l'instant où s'éteint le génie,

Jusqu'au dernier moment il peut briller encor

Comme un divin flambeau pour éclairer la mort.

Le célèbre Baour *, aveugle comme Homère,

Illustre ainsi que lui la fin de sa carrière,

Et dans le pieux Job, en de sublimes vers,

Il fait parler le Dieu maître de l'univers.

Tel ce volcan fameux, dont le brûlant cratère,

Tout blanchi de frimas, verse au loin sa lumière.

Le soleil aux hivers prête quelques beaux jours,

Et de l'oiseau charmé réveille les amours.

---

* Baour-Lormian, de l'Académie française.

Sur ce tronc décrépit, voyez ce vert feuillage ;

Son ombre sert d'asile aux troupeaux du village,

Et la jeune bergère, en ses folâtres jeux,

Y vient danser, rêver des projets amoureux.

Tel nous voyons Damis ! Qu'importe sa vieillesse,

Quand sous un front ridé, le cœur plein de jeunesse,

Il peut sans se courber en supporter le poids ?

A de touchants égards il a de justes droits.

Il est loin d'aspirer aux palmes de la gloire,

Aux enivrants honneurs de l'immortalité ;

Espérer une longue et brillante mémoire

Serait pour sa raison de la témérité.

Mais qu'on le laisse au moins, devant qu'il ne succombe,

Semer de quelques fleurs les abords de sa tombe,

De ses anciens amis mériter un soupir,

La faveur d'une larme et d'un doux souvenir.

DÉDICACE.

————

A mes Concitoyens de Lourmarin.

C'est à vous, mes amis, que j'adresse ces vers !

Vous qui, toujours unis, toujours prudents et sages,

Quand nos sanglants débats effrayaient l'univers,

Sûtes de nos foyers écarter les orages !

Lourmarin, de la paix asile fortuné,

Dans ces jours de terreur, jours où régna le crime,

N'eut à verser des pleurs sur aucune victime;

A sauver des proscrits il parut destiné !

O Lourmarin ! terre chérie !

Combien je m'honorais de t'avoir pour patrie !

On dit qu'au dieu des mers un bois fut consacré

Qui te donna ce nom, de tes fils révéré (*).

Mais l'esprit d'union, la douce bienveillance,

Pour tes cultes divers la sage tolérance,

L'inépuisable charité,

T'ennoblissent bien plus que ton antiquité.

Pendant que sur la France éclatait la tempête,

Aux fureurs des partis dérobant notre tête,

Nous quittâmes le toit et les champs paternels,

Nos parents, nos amis, ces coteaux, ces bocages,

Et du haut Luberon les sommets éternels,

* *Lucus marinus*, qui se prononce *Loucous marinous.*

Et cet âpre rocher noirci par les orages,

D'où l'horloge gothique, autre débris des âges,

Répand au loin ses sons graves et solennels,

Si doux à notre oreille après de longs voyages.

De projets, d'existence, il nous fallut changer,

Vivre de nos talents sur un sol étranger.

Telle était notre destinée !

De nos parents la tombe abandonnée

Réclamait un pieux devoir !

Séjour de nos aïeux, nous voulions vous revoir !

Dans les ennuis de notre absence,

Nous rêvions à notre retour ;

Retrouver nos amis d'enfance

Était le vœu de chaque jour !

A de si doux pensers, notre froide vieillesse

Se réchauffait encor du feu de la jeunesse ;

Nous parlions de notre printemps ;

Nous rappelions notre jeune âge,

Ses jeux et ses goûts inconstants,

Et de ris et de pleurs ce mobile assemblage,

    Et nos travaux et nos plaisirs,

Et le cercle changeant de nos jeunes désirs,

Et ces sages parents de qui la main chérie

Protégeait, dirigeait notre naissante vie.

Ils existaient alors, nous croissions sous leurs yeux !...

Respectables objets d'une sainte tendresse,

Ils étaient tout pour nous ! Jaloux d'une caresse,

Pour nous la disputer nous accourions joyeux !...

De leurs nobles vertus ils pénétraient notre âme,

Et de l'amour des arts ils nourrissaient la flamme.

Mais quand ils invoquaient la céleste bonté

Sur leurs fils à genoux, quand d'une voix touchante

Ils prononçaient du soir la prière imposante,

Nos cœurs croyaient de Dieu sentir la majesté.

Songe religieux d'un père et d'une mère,

Qu'enfant je chérissais, que vieillard je révère,

Ah ! venez me bercer et m'attendrir encor,

Jusqu'au jour où vers eux je prendrai mon essor !

Compagnons de notre jeunesse,

Enfin la prudente vieillesse

Du retour sonne le moment.

Hélas ! quel cruel changement !

Des ans et des malheurs les déplorables traces

Du doux printemps chez nous ont remplacé les grâces ;

Mais dans vos souvenirs vos cœurs ingénieux

Retrouveront nos traits transformés à vos yeux ;

L'amitié des hivers effacera l'outrage,

Et nous rajeunissant en dépit de notre âge,

Nous croirons nous revoir encor, comme jadis,

De malins écoliers, des enfants étourdis.

Chacun de nous, fouillant dans sa mémoire,

Les pieds sur les chenets, contera son histoire ;

Comment, du rudiment pour abréger l'ennui,

Nous trouvions chaque jour nouvelle espiéglerie,

Bien coupable jadis et charmante aujourd'hui ;

Par des signes furtifs, muette causerie,

Qui d'un malin complot trahissaient le désir,

De notre instituteur esquissant la figure,

Dans ses graves leçons, nous trouvions du plaisir,

Ingrats, à nous moquer de sa caricature.

Puis arrivaient ces jeux si vifs et si bruyants ;

Les barres, leur tactique et leurs défis riants ;

L'onduleux cerf-volant, tel qu'un dragon d'Armide,

Effrayant les oiseaux dans son essor rapide,

Et le léger ballon, le gai Colin-Maillard,

La boule vers le but dirigée avec art,

Nos courses, nos paris pour la joyeuse lutte,

Et nos ris des vaincus accompagnant la chute ;

D'autres fois nous donnions l'assaut au cerisier,

De son fruit encor vert dépouillions l'amandier ;

Cruels ! dans ses amours troublions la fauvette ;

Un miroir attirait la coquette alouette ;

Puis ensemble plongés dans nos tièdes ruisseaux,

Nos mains faisaient jaillir le cristal de leurs eaux ;

L'écluse du moulin, océan pacifique,

Retentissait des cris de la troupe nautique.

Le dimanche, ce jour de repos et de jeux,

Ce jour sanctifié par la douce prière,

Dans un bosquet touffu, frais et pur sanctuaire,

Au Ciel dès le matin nous adressions nos vœux !

Dans ce bois consacré, l'ombre religieuse

Imposait à la foule, inspirait le pasteur,

Qui nous prêchait en père, et d'une voix pieuse,

Avec le roi psalmiste, invoquait le Seigneur.

Les fleurs de leurs parfums encensaient la nature,

Des nuages pompeux se drapaient dans les airs,

L'insecte bourdonnait ses solennels concerts,

L'oiseau chantait son hymne en son nid de verdure.

Pendant que, recueillis, nous priions à genoux,

La nature semblait en prière avec nous.

Bientôt nous reverrons cette chère contrée,

    Et la maison de nos aïeux,

Nous répandrons des fleurs sur leur tombe sacrée ;

    De nos respects religieux

    Nous leur adresserons l'hommage.....

Cependant près de vous nous reviendrons heureux !

Nous vous rapporterons des fronts flétris par l'âge,

Mais des cœurs pleins d'amour et d'espoir et de vœux !

O vous, jeunes amis, qui commencez la vie,

Et dès votre printemps honorez la patrie,

Vos traits rappelleront à nos cœurs attendris

De nos premiers beaux jours les compagnons chéris.

Ne craignez point notre vieillesse,

Elle saura respecter vos plaisirs.

Des temps heureux de la tendresse

Nous vous devrons les souvenirs !

Et vous, amis de notre enfance,

Dont la Parque épargna les jours,

Et qui, d'une utile existence,

Sans quitter vos foyers, avez suivi le cours,

Nous viendrons près de vous terminer notre vie.

Hélas ! de bien des maux elle fut poursuivie !

Lourmarin en sera le port.

Et là, sans redouter les caprices du sort,

Et les dangers de la tempête,

Sur notre vieux berceau reposant notre tête,

Un beau jour nous irons, en contemplant les cieux,

Nous endormir ensemble au sein de nos aïeux!...

Ainsi de ces projets, chers à notre tendresse,

Nous rêvions tous les deux *, hélas!...

De nos malheurs passés oubliant la tristesse,

En unissant nos derniers pas ;

Mais je suis resté seul pour finir ma vieillesse ;

Dieu m'a repris l'ami de mes jours de jeunesse :

En vain le monde entier a pleuré son trépas,

Sa gloire dans mon cœur ne le remplace pas!...

* Avec mon frère, le chevalier Philippe de Girard.

LES FACTIONS

POÈME

PROLOGUE

On dit que, près du ciel, il existe un asile

Dont l'abord aux mortels est âpre et difficile ;

Sanctuaire imposant, des vices redouté,

Où de son pur éclat brille la Vérité ;

A ses pieds, la Raison, les yeux fixés sur elle,

De ses profonds décrets interprète fidèle,

Aux cœurs non corrompus présente son miroir,

Et leur montre un bonheur fondé sur le devoir.

La Vérité, planant au-dessus des orages,

Perce de ses rayons la sombre nuit des âges ;

Elle évoque les morts du fond de leurs tombeaux ,

Pour leur faire subir des jugements nouveaux.

A ces agitateurs des vieilles Républiques

Elle arrache le masque et le chêne civique ;

Les montre ambitieux d'honneur, d'autorité ,

Profanant le beau nom de cette liberté

Dont la vertu peut seule affermir l'existence ,

Et qui devient sans elle une horrible licence.

Des criminels puissants , jusque dans le cercueil ,

Elle poursuit le nom, dans le faste du deuil ;

Sur le marbre imposteur, malgré la flatterie ,

Son sévère burin grave leur infamie.

Sa main, du vice heureux empoisonnant le sort ,

Aux plus joyeux festins fait asseoir le Remord !

Le convive hideux, parmi la folle troupe,

D'un breuvage infernal fait circuler la coupe ;

Et soudain dans ces cœurs fatigués de plaisir

S'infiltre sourdement le sombre repentir.

De noirs pressentiments viennent troubler l'ivresse

Qu'excitent les parfums, les vins et la mollesse.

L'Hypocrisie, en vain, par ses feintes vertus,

Par ses humbles discours, par ses traits abattus,

Par son corps macéré, que couvre un dur cilice,

Croit imposer au Ciel et tromper sa justice :

D'un foudroyant éclair l'austère Vérité

Frappe son imposture et son impiété.

Mais cette Vérité, terrible pour le crime,

De l'auguste Vertu protectrice sublime,

Par ses bienfaits répand un éclat immortel,

S'entoure de lumière, et, s'élevant au ciel,

Du Dieu de l'univers nous montre les miracles,

Prête à sa noble voix d'infaillibles oracles,

Ou, de la poésie épuisant les trésors,

Fait résonner sa lyre en sublimes accords.

Dans le temple des lois son feu sacré l'inspire ;

Alors de la Raison l'irrésistible empire,

Frappant tous les partis de sévères arrêts,

Des peuples et des rois fixe les intérêts.

Son zèle courageux, au nom de la patrie,

Combat le Despotisme, enchaîne l'Anarchie,

Aux pouvoirs de la terre elle assigne leurs droits,

Rend son trône à l'Église, et la soumet aux lois.

Céleste Vérité, soutiens ma vieille muse.

Dans mon hardi projet peut-être je m'abuse,

Lorsque, malgré les ans, je le tente aujourd'hui ;

Mais serait-il trop tard si tu me sers d'appui ?

Des crimes oubliés rappelant la mémoire,

Je voudrais pour mon siècle utiliser l'histoire;

Et, de la jeune France éclairant les erreurs,

La sauver de remords et d'amères douleurs.

Hélas ! jeunes encor, battus par les tempêtes,

Nous avons vu la foudre éclater sur nos têtes,

Les factions régner parmi les échafauds,

Nos pères expirer sous le fer des bourreaux !

Et nous-mêmes, errants sur la terre étrangère,

Nous avons supporté l'absence, la misère,

Et n'avons retrouvé dans nos tristes foyers

Que de sanglants cyprès enlacés de lauriers !

Maintenant que la paix règne avec l'abondance,

Que les arts, l'industrie, enrichissent la France,

Des factieux encor entendrons-nous les voix

Proclamer la discorde et le mépris des lois,

Et, jaloux du bonheur de leur belle patrie,

Pour la troubler encore invoquer l'anarchie?...

Ah ! puissent les tableaux qu'ici je vais offrir

Des malheurs du passé préserver l'avenir !

Puissent tous nos neveux, redoutant les orages,

De rêves dangereux fuir les trompeurs mirages,

Et du règne des lois, désormais respecté,

Attendre leur bonheur avec leur liberté.

LES BIENFAITS DE LA PAIX

PREMIER CHANT [*]

L'Europe était en paix ! Le démon de la guerre

Laissait depuis long-temps reposer son tonnerre ;

Les peuples, fatigués de leurs sanglants débats,

Dormaient sur les lauriers, prix de tant de combats.

Couronnés tour à tour des mains de la Victoire,

Tous avaient eu leur part de revers et de gloire.

Les Français, triomphants, dans les glaces du Nord

[*] La crainte d'effrayer mes lecteurs en publiant un poème en cinq chants m'a déterminé à faire imprimer seulement ce fragment.

Au milieu des frimas avaient trouvé la mort;

Des cosaques du Don la phalange lointaine

Avait rougi de sang les gazons de la Seine...

Déplorant des succès, sources de tant de maux,

Les peuples, s'unissant par des liens nouveaux,

Détournent leurs regards de ces champs de carnage,

Et cherchent dans la paix une gloire plus sage.

Le temps de nos guerriers apaise le courroux;

L'esprit des camps fait place à des penchants plus doux;

Les sciences, les arts, la féconde industrie,

De ses longs jours de deuil consolent la patrie.

Le commerce, étendant ses immenses rameaux,

De la guerre bientôt fait oublier les maux.

Déjà l'on voit des mœurs s'affaiblir les nuances;

Du temps et de l'espace effaçant les distances,

D'invisibles courriers, en traversant les airs,

Des grands événements instruisent l'univers.

Des chars sont emportés par la vapeur humide ;

Prompts comme les éclairs, dans leur course rapide,

A peine ont-ils reçu le signal du départ,

Qu'à travers l'horizon, échappant au regard,

On les entend rouler sur leur route ferrée.

Une magique nef fend la plaine azurée ;

Elle vole à travers des torrents de vapeur,

Des vents qu'elle devance affronte la fureur,

Voit se courber les flots et dompte la tempête,

Dans son brillant essor et sans que rien l'arrête,

Ni les fiers aquilons, ni le calme des airs,

Elle s'élance en Reine et parcourt l'univers.

Pour la gloire des arts, conquête inespérée,

D'un facile crayon la pierre pénétrée

Remplace du burin la savante lenteur,

Donne un nouveau pouvoir au talent créateur,

Et, livrant au génie une immense carrière,

De chefs-d'œuvre sans nombre orne l'Europe entière !

Est-ce un enchantement, un rêve merveilleux !

Les mille objets divers qui glissent sous nos yeux

Fixent sur le métal leur fugitive image ;

Les palais et les bois, le lointain paysage,

S'y mirant un instant, s'y gravent pour toujours.

De l'art des enchanteurs empruntant le secours,

Daguerre de vapeur créa cette peinture,

Image aérienne, ombre de la nature.

O miracle inouï du magique appareil,

Il prend pour ses pinceaux les rayons du soleil !

Ainsi l'esprit humain dans ses ardentes veilles

A fait de ce grand siècle un siècle de merveilles !

En cent lieux différents, sous le sol desséché,

La science devine un océan caché ;

Là, des monts éloignés les sources amenées

Sous l'argile et le roc restaient emprisonnées ;

Soudain cet art nouveau, dans l'Artois inventé,

Vient aux flots comprimés rendre la liberté ;

Et l'on voit aussitôt de leurs grottes profondes

S'élancer dans les airs de salutaires ondes.

Ainsi dans le désert, pour les fils d'Israël,

La verge de Moïse, au nom de l'Éternel,

Fit jaillir du rocher une eau brillante et pure

Et le sable brûlant se couvrit de verdure.

Le lin, dont les tissus satisfont à la fois

Et les besoins du pauvre et le luxe des rois,

Et qui, filé jadis par nos jeunes bergères

Ou le bruyant rouet des diligentes mères,

S'allongeait lentement pour grossir leurs fuseaux,

Aujourd'hui travaillé par des ressorts nouveaux,

Chefs-d'œuvre merveilleux de nos arts mécaniques,

Coule en ruisseaux de fil dans nos vastes fabriques

Philippe (*), c'est à toi qu'appartient ce bienfait ;

Toi seul as tout créé, ton génie a tout fait !

Quand de Napoléon la puissance suprême

A l'Europe étonnée offrit ce grand problème,

Le million, la gloire, en vain furent promis,

Le monde entier se tut... Toi seul tu répondis ;

Mais, martyr généreux, cette belle industrie,

Au prix de ta fortune enrichit ta patrie,

Les fruits de tes travaux pour toi furent perdus...

* Philippe de Girard, mon frère, créateur de la filature mécanique du lin et auteur d'une foule d'autres inventions scientifiques de la plus haute importance.

Le pays fut ingrat, l'empereur n'était plus !

On voit la douce paix, mère de l'abondance,

Par mille inventions illustrer notre France,

Époque mémorable, où les siècles passés

Par un siècle nouveau se trouvent effacés ;

Où les peuples, épris d'une plus pure gloire,

Dans le temple des arts écrivent leur histoire,

Et, s'alliant entre eux par un sublime accord,

Font à l'esprit humain prendre un nouvel essor !

Comme un brillant éclair, dans l'espace lancée

On voit étinceler la rapide pensée ;

Elle éclate, elle frappe, éblouit tous les yeux,

Et trace sur le monde un cercle radieux.

De l'ordre social la presse souveraine,

Soumet tous les esprits, les charme, les entraine,

Force les nations à recevoir ses lois,

A son tribunal même elle appelle les rois ;

La raison, les vertus, l'honneur, la gloire même,

Subissent les arrêts de ce pouvoir suprême.

La mode enfin, tyran léger, capricieux,

Bizarre trop souvent, mais toujours gracieux,

Varie en se jouant son élégant empire;

La folie applaudit et la raison soupire;

Mais le monde, séduit par ses changeants attraits,

Obéit en esclave et subit ses arrêts.

Dociles à ses lois, les grandes capitales,

Dans leur luxe imposant, semblent des sœurs rivales;

Des talents, de la gloire, elles sont le séjour;

La majesté du trône entouré de la cour,

La foule des grands noms qui près des rois se presse,

L'aménité des mœurs, la noble politesse,

Les trésors de l'esprit, les chefs-d'œuvre des arts,

Qui brillent rassemblés dans de riches bazars,

Ces théâtres pompeux où le peuple s'éclaire,

En font pour l'univers des foyers de lumière.

Paris ! ton seul aspect frappe d'étonnement ;

On se sent entraîné par ton grand mouvement,

Partout l'œil ébloui ne voit que des prodiges,

Et la raison se perd dans tes brillants prestiges.

Ce sont des arts nouveaux et de vieux souvenirs,

Les œuvres du génie et d'enivrants plaisirs ;

La noble majesté s'y joint à l'élégance,

Et la grâce française à l'austère science ;

Les artistes fameux des plus lointains pays

Accourent de la gloire y disputer le prix,

Y viennent admirer les splendides merveilles

Qu'enfante le génie en ses savantes veillés,

Le bronze des combats en colonne élevé,

Et cet arc triomphal, où se trouve gravé

Par l'immortel burin de notre grande histoire

Le nom de ces héros si chers à la victoire ;

Et ce Louvre pompeux dans la gloire vieilli,

Par Napoléon Trois de nos jours embelli,

Et qui, par sa grandeur et sa magnificence,

D'un prince généreux annonce la puissance.

De précieux dépôts des chefs-d'œuvre des arts,

De superbes palais, des quais, des boulevarts,

De magiques jardins, où des femmes charmantes

Dans leurs brillants atours semblent des fleurs mouvantes :

Tel est ce beau Paris, où le rapide temps

S'oublie et s'évapore en longs enchantements ;

Au milieu de la guerre ou d'une paix profonde,

Il sait, par les plaisirs, donner des lois au monde.

Ce destin fut troublé : la discorde en fureur

Déchaîne les partis, réveille la terrreur ;

De torches, de poignards, arme encor l'anarchie,

Et de crimes nouveaux menace la patrie.......

. . . .

Mais tout à coup dans l'air retentit un grand nom ;

Une brillante étoile éclaire l'horizon,

Et l'aigle triomphant proclame encor l'empire.

L'ordre se rétablit, et la France respire,

Dans un calme profond retrouve le bonheur,

Et d'un si grand bienfait elle bénit l'auteur.

De milliers de vaisseaux cette ville flottante,

Tous ces grands monuments d'une cité puissante,

C'est Londres ! Là se presse un peuple généreux ,

Fier, libre, mais fidèle aux lois de ses aïeux.

Dans ses vastes projets il embrasse la terre,

Et de son industrie il la rend tributaire.

Que de riches produits, quel amas de trésors,

De tous les points du globe arrivent dans ses ports !

Il conçoit et poursuit la plus grande entreprise.

O prodige ! des chars roulent sous la Tamise,

Et des lacs souterrains* aux sombres profondeurs

Ont leurs flots sillonnés par des navigateurs.

Des machines, géants qu'enfanta le génie,

L'infatigable ardeur féconde l'industrie ;

Rappelant de Vulcain les divins arsenaux ,

* Dans les mines.

Le fer, comme un torrent, sort des brûlants fourneaux ;

Plus loin sont des gazons et des jardins magiques,

Tout le luxe moderne en des palais gothiques ;

Une reine, brillant dans son aimable cour,

Pour ses heureux sujets est un objet d'amour ;

Tranquille sur son trône, à l'abri des orages,

Sans trouble de l'histoire elle embellit les pages,

Voit le monde enrichir ses immenses bazars,

Et les mers se courber sous ses fiers léopards.

Te nommerai-je ici, trop heureuse contrée,

Qui des jours fabuleux de Saturne et de Rhée

Rappelle les vertus, le calme et le bonheur ?

Vienne, élégant séjour d'aisance et de grandeur,

D'un repos fortuné tu nous offres l'image,

Et d'une longue paix le rassurant présage.

Tes superbes remparts, de jardins embellis,

Tes glacis, tes fossés, en bosquets convertis,

Ton célèbre Prater, dont la vaste étendue

Par ses riches aspects frappe et charme la vue,

Où l'antique Danube, oubliant ses fureurs,

Laisse courir ses eaux sur des gazons en fleurs.

Là, règne un souverain commençant sa carrière,

De ses sujets déjà se déclarant le père ;

Le peuple se complaît sous son joug paternel,

Et pour lui tous les jours il invoque le Ciel.

Peuple laborieux, et fidèle et sensible,

Ses plaisirs sont empreints d'une gaîté paisible ;

Toujours de la folie il déteste le bruit,

Et, sage en ses penchants, il le craint et le fuit.

La présence des grands n'a rien qui l'humilie ;

Son modeste bonheur à leur éclat s'allie,

Leur faste sans orgueil ne les blesse jamais ;

La chaumière a son luxe ainsi que leurs palais !

Illuminant les cieux, l'aurore boréale

Des feux brillants du sud se montre la rivale :

Ainsi l'éclat nouveau de la cité des Czars

De l'Europe étonnée attire les regards.

Les muses, les talents, les beaux-arts, le génie,

Accourent à la voix de la jeune Russie ;

La superbe Néva, sous un ciel calme et pur,

Dans des murs de granit roule ses flots d'azur,

Réfléchit des palais, des temples, des portiques,

Immortels monuments dignes des temps antiques ;

Tandis que, parcourant dans son vol glorieux

L'un et l'autre hémisphère et la moitié des cieux,

Le monarque des airs, l'aigle aux royales têtes,

Sur cent peuples vaincus affermit ses conquêtes,

Et par les lois, les arts, dont il tient les flambeaux,

Les éclaire, et les guide à des destins nouveaux *.

Mais qu'entends-je? ô bonheur, la langue maternelle!

Quel prodige a créé cette France nouvelle ?

C'est le royal bienfait de l'hospitalité.

Martyrs de leur croyance et de leur piété,

Des Français dans tes murs trouvent une patrie,

* Ces vers ont été composés il y a **18** mois, avant l'affaire d'Orient.

Magnifique Berlin! mais leur riche industrie

En fut le noble prix.... Berlin! heureux séjour,

Où la raison du peuple émane de la cour !

La lumière à torrents inonde tes provinces ;

L'homme a ses droits gravés dans le cœur de tes princes ;

Partout avec les lois règne la liberté,

Et le sujet soumis les suit avec fierté.

Le Roi sous leur pouvoir courbe sa tête auguste,

Et pour être plus grand il se montre plus juste.

Ah! puisse-t-il long-temps dans une douce paix

D'un règne tutélaire étendre les bienfaits ,

Et du bonheur public sa sagesse occupée

De Frédéric le Grand laisser dormir l'épée !...

Plus loin vers l'Orient si nous portons nos yeux,

Partout nous retrouvons un élan généreux :

Les droits du citoyen pénètrent dans Bysance ;

Le farouche Uléma prêche la tolérance ;

Le sanglant cimeterre, en son fourreau remis,

Fait place désormais au glaive de Thémis ;

Et le Turc , abjurant sa haine héréditaire ,

Se façonne à nos mœurs et nous accueille en frère.

La Grèce, qui jadis fut le berceau des dieux ,

Et de tant de héros avait peuplé les cieux ,

Veuve de ses grandeurs , et reine détrônée ,

Sur ses marbres brisés en esclave enchaînée ,

Tout à coup se réveille aux cris de liberté ;

De ses sombres tyrans brave la cruauté ,

Par des torrents de sang achète la victoire ,

Lève un front radieux, et renaît à la gloire.

Le pirate africain, expulsé de nos mers ,

Ne nous menace plus de la honte et des fers.

L'Arabe vagabond, fixé dans l'Algérie ,

Sous l'étendard français accepte une patrie.

Des sommets du Caucase aux bords du Sénégal

Et de la mer du Nord à l'océan Austral ,

Pénètre de nos mœurs l'influence féconde,

Et notre vieille Europe a rajeuni le monde !

Mais de tant de bienfaits serions-nous donc lassés ?

Et nos anciens exploits, aux peuples retracés,

Leur font-ils regretter ce long siècle de guerre

Où la gloire et le deuil se disputaient la terre ?

Hélas ! il est trop vrai, les peuples insensés,

Par de vils écrivains follement encensés,

Dédaignant les conseils d'une raison facile,

Allument les brandons de la guerre civile.

Le bonheur est-il donc un si pesant fardeau,

Qu'heureux, l'homme soupire après un sort nouveau :

Et sera-t-il toujours, jusqu'à l'heure suprême,

Par ses vœux imprudents l'ennemi de lui-même !

Huit lustres écoulés dans une douce paix

Sont pour son fol orgueil d'humiliants bienfaits.

Il faut, pour illustrer sa haute destinée,

Qu'à d'éclatants malheurs elle soit condamnée.

Il les cherche, il les crée, il renverse, il détruit,

D'un empire qui croule il applaudit le bruit.

Il méprise les lois, les mœurs, de ses ancêtres,

De la terre et du ciel il menace les maîtres.

Puis enfin épuisé, de débris entouré,

Des maux qu'il a produits honteux, désespéré,

Il voit autour de lui, par une loi suprême,

Tout ce qu'il a détruit redevenir le même :

Où furent des palais brillent d'autres palais;

Une idole abattue, une autre sous le dais

Obtient le même encens, reçoit le même hommage;

A ces vieilles grandeurs qu'a renversé l'orage

Succèdent des grandeurs dont la jeune fierté

Des peuples asservis foule l'obscurité;

Et chacun, mutilé, regagnant sa chaumière,

Sous le même fardeau va courber sa misère.

2358. — Imprimerie Guiraudet et Jouaust rue Saint-Honoré, 338.